GW01326300

Cet ouvrage a été imprimé sur un papier
issu de forêts gérées durablement.

ISBN 978-2-7002-3201-1

© RAGEOT-ÉDITEUR – Paris, 2008.

L'école d'Agathe

Texte de Pakita
Images de J.-P. Chabot

Le match de foot d'Enzo

RAGEOT•ÉDITEUR

Vous connaissez Enzo ?

C'est le plus rapide de la classe. Il **court** plus vite que son ombre.

3, 2, 1, PARTEZ !!

Enzo **court** partout, dans tous les sens, et il déteste les bagarres.

Alors dès qu'il voit une dispute dans la cour, il **accourt.** Avant de démarrer, il crie :

– Trois, deux, un, partez !

Puis il **fonce** tête baissée.

Hiiiiiiiiiiiii ! Il freine, pile net, lève les deux bras et crie :
– **Stoooooop!**

Il est tellement rapide que les bagarreurs n'ont pas le temps de se donner le premier coup de poing !

Hier, Guillaume lui a dit :

– Enzo, tu es le roi de la course ! On va t'appeler **RAPIDMAN.**

– **RAPIDMAN !** Trop bien.

Enzo était si content qu'il est parti comme une flèche et… il a foncé tête baissée dans Audrey qui est tombée. Aïe !

– Oh pardon ! s'est-il excusé.

– Ce n'est pas grave pour cette fois, a dit Audrey en se relevant. En plus j'ai une grande nouvelle à vous annoncer, rendez-vous sous le tilleul !

On n'avait pas encore bougé qu'Enzo était déjà sous le tilleul. Deux minutes après, toute la classe était là.

Audrey a pris sa grosse voix de chef :

– Les copains, demain midi, les grands nous laissent le **terrain de foot** avec les **buts** pour faire notre super**méga**match !

Wouaouh ! C'était vraiment une bonne nouvelle parce que, dans ma classe, on est tous passionnés de foot, les filles comme les garçons.

– Il faut faire deux équipes ! a déclaré Emma. Une ROUGE et une BLEUE.

– Je suis le capitaine des ROUGES ! a crié Mathieu.

– Non, c'est moi ! a hurlé Théo.

– Non, moi !

Et Audrey a tiré les cheveux de Mathieu qui a donné un coup de poing à Théo qui a tapé...

– Trois, deux, un, partez !

RAPIDMAN a foncé, freiné, levé les bras et crié :

– **Stoooooop!** On ploufe pour décider !

Résultat : capitaine des **BLEUS,** Paul.

Capitaine des **ROUGES,** Audrey.

Et chacun des capitaines a choisi ses joueurs.

– Comment on va reconnaître les **équipes ?** j'ai demandé.

Et Zizette a répondu :

– Tous ceux qui ont un **tee-shirt** de la couleur de leur **équipe** n'ont qu'à le mettre.

– Et ceux qui n'en ont pas scotcheront un papier **BLEU** ou **ROUGE** sur eux ! a ajouté **RAPIDMAN.**

En classe, j'essayais de me concentrer sur mes additions quand un petit mot est arrivé sur mon bureau.

Coralie, Camille et moi, on veu pa joué demin mé on prépar une surprize pour le grand match.

Sarah

Je me suis retournée, Sarah m'a fait un clin d'œil.
Une surprise ?
Vivement demain !

Ce matin, dans la cour, on avait hâte de jouer ! Les **ROUGES** se sont mis bras dessus bras dessous et ils ont hurlé :

– On est les champions, on est les champions, on est, on est, on est les champions !

Vous connaissez la chanson ?

Nous les **BLEUS,** on leur a répondu sur le même air :

– C'est nous les plus forts, c'est nous les plus forts, c'est nous, c'est nous, c'est nous les plus forts !

Hiiiiii ! **RAPIDMAN** a freiné entre les équipes et schplaf ! Ratage de freinage, il est tombé les deux pieds en l'air.

– Vous avez vu mes super chaussures de foot à crampons ? il a dit. Grâce à elles, je vais courir deux fois plus vite.

Et ce midi, c'était enfin le supermégamatch.

On est entrés sur le terrain. Chaque joueur de l'équipe des ROUGES s'est placé en face d'un joueur de l'équipe des BLEUS, sauf Tom et Chloé qui sont allés dans les buts parce qu'ils étaient… gardiens de but !

On se regardait sans rigoler avec des airs de gagneurs.

On allait commencer à jouer quand **RAPIDMAN** a crié :
– Où est le ballon ?

Horreur ! On avait pensé à tout sauf… au ballon.

Ouf ! Augustin, un CM1, nous a prêté le sien. Il commande le foot à l'école parce que c'est lui le plus fort. Son record de jongles est de 103. Ça veut dire qu'il peut jongler du pied, de la tête ou du genou 103 fois sans que le ballon tombe par terre. Moi, mon record, c'est quatre !

– Attendez-nous ! On arrive.

C'était Camille, Coralie et Sarah en **BLEU** et **ROUGE,** avec trois couettes sur la tête. Elles avaient attaché plein de rubans **BLEUS** et **ROUGES** à leurs poignets. Elles ont dansé en chantant :

– On est pour les rouges. On est pour les bleus. Le foot, ça rend tout le monde heureux !

On les a applaudies très fort et puis le **match** a commencé. Paul a tapé dans le **ballon** qui est parti très haut dans le ciel.

– Trois, deux, un, partez !

RAPIDMAN a **couru** comme un fou pour l'attraper. Il a dépassé tout le monde.

Le **ballon** commençait à descendre, **RAPIDMAN** était juste dessous, il a levé la jambe pour le **contrôler** quand…

Bvvvvvvvvvv! Sa super **chaussure de foot à crampons** a quitté son pied et s'est envolée plus haut que le **ballon.**

RAPIDMAN a crié :

– Zuut! Ce sont les **chaussures** de mon frère, elles sont trop grandes pour moi.

J'ai éclaté de rire alors évidemment j'ai raté le **ballon.** C'est **Chloé** qui l'a attrapé.

Chloé a voulu faire une **passe** à **Audrey** mais elle a raté son **tir** et c'est **Léa** qui a reçu le **ballon...** sur la tête!

Elle était tout étourdie quand soudain...

Oh non! **Maxime** est arrivé sur elle et il lui a fait un énorme croche-pied pour récupérer le **ballon**!

Et **Léa** est tombée.

Théo a foncé sur Maxime, mais Charlotte a intercepté le ballon et couru vers notre but. Elle a tiré. Ouf ! Tom, notre gardien, a réussi à le bloquer. Bravo Tom !

Et là ! Surprise de surprise ! Mathieu est arrivé. Il a donné un grand coup de pied dans le ballon que Tom a lâché et qui a roulé dans la cage.

– N'importe quoi ! Ce n'est pas un vrai **but,** a hurlé **Tom.** Il y a **faute !**

– Si, c'est un vrai **but,** tu n'avais qu'à bien tenir le **ballon,** s'est énervé **Mathieu.**

– Non, il y a **carton rouge** pour nous ! a crié **Tom.**

Et PAF! PIF! BAM! La bagarre a commencé.

– Trois, deux, un, partez !

Je me suis retournée et qui est-ce que j'ai vu ?

RAPIDMAN, la tête baissée, qui courait plus vite que l'éclair. Pourtant il n'avait qu'une seule chaussure...

– **Stooooop!** il a dit. Il y a des règles dans le foot et si on ne les respecte pas, on n'est pas des vrais joueurs.

Enzo a raison. On ne peut pas jouer ensemble si on se donne des coups de poing et de pied.

– Pour jouer un vrai supermégamatch, il faut un arbitre. Ce sera moi, a déclaré RAPIDMAN.

– Mais tu n'as qu'une chaussure, j'ai dit.

– Eh bien... je serai le premier arbitre en chaussettes et voilà.

Enzo a été un **arbitre** très juste et très rapide. Heureusement qu'il sait siffler avec sa bouche et ses doigts parce qu'on n'avait pas de vrai **sifflet**.

On a drôlement bien joué. Personne n'a eu de carton **jaune** ou **rouge.** Résultat du **match :** 1-1. Et devinez qui a mis le **but** dans l'équipe **BLEUE ?** C'est moi. Eh oui !

Aïe! J'ai mal aux jambes tellement j'ai couru. Ce soir, Enzo m'a téléphoné. Il a adoré être **arbitre**, mais il s'est fait gronder par sa maman à cause de sa chaussette archi-sale! Oh là là! J'ai trop hâte de rejouer un **superméga...** ron psscchh...

L'auteur

Pakita aime tous les enfants ! Les petits, les gros, les grands, avec des yeux bleus, verts ou jaunes, avec la peau noire, rouge, orange, qui marchent ou qui roulent, et même ceux qui bêtisent !

Pour eux, elle se transforme en fée rousse à lunettes, elle joue, elle chante, elle écrit des histoires et des chansons pour les CD, les livres ou pour le dessin animé.

L'illustrateur

Jean-Philippe **Chabot** est né à Chartres en 1966. Avant d'entrer à l'école il dessinait déjà. À l'école, il dessinait encore. Puis il a choisi de faire des études de… dessin. Et maintenant, son travail c'est illustrer des albums et des romans.

Il est très heureux de dessiner tous les jours et parfois même la nuit mais toujours en musique.

L'école d'Agathe

64 titres parus

9- Emma ou Léa, qui est qui ?

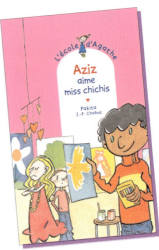

12- Aziz aime miss chichis

28- Sauvons le poney
de Marie !

37- Yann et l'école
de rêve

Toute la série
L'école d'Agathe
sur **www.rageot.fr**

Achevé d'imprimer en France en juillet 2011
par I.M.E. - 25110 Baume-les-Dames
Dépôt légal : août 2011
N° d'édition : 5447 - 07